JN280490

詩集

すみれ咲く路
へんろ道

佐藤木美
Sato Kimi

文芸社

すみれ咲く路へんろ道

もくじ

すみれ咲く路へんろ道

すみれ咲く路へんろ道

すみれ咲く路を歩く
鈴を鳴らしながら
杉の木立の中
うす陽さす山道を歩く
ただ歩く
同行二人
さまざまに
思い悩むことがあった
おわびすることもあった

お願いすることばかり
杖にすがりながら
この時しかない
すみれ咲く路を
ただ歩く
お大師さまと歩く
へんろ道
(弥谷寺《いやだにじ》から)

はらはらと

高知がふり出しの
今年の桜
はらはらと散りゆく
〝二度楽しみました〟

夕暮れの御堂の上に
美しい瞳の尼さんの衣に
はらはらと散りゆく
〝はい、さようなら〟

お寺の階段の上に
山道の青い空に
はらはらと散りゆく
〝又お目にかかりましょう〟

お山の桜は名残りの桜
おへんろのすげがさの上に
はらはらと散りゆく
〝見おさめです〟

……

花のへんろ道　岩屋寺から

ゆうべは雨
朝もやの中で
竹林を歩けば
竹の精に包まれて
わたしかぐや姫
彩《あざ》やかな緑
玉のしずくが落ちてくる
山吹の黄色
そろそろ出てくるかもしれない

鈴を鳴らして
杖でさぐりながら歩く
一本
まむし草が立っている
時は春から夏
明るい山里に出ると
母の好きなあざみの花
もう白い卯の花が咲き出している

室戸岬

岩に寄せる
激しく
懐かしい
波の音
ここは室戸岬
空海さまの
修行なされた
御厨人窟《みくろど》

岩に寄せる
美しく
厳しい
波の色
ここは室戸岬
生きた証を
まとめること

小雨降る春

足摺岬

打ちよせる
白い波

白い砂浜を歩く
白装束で鈴を鳴らし
一列

風に吹かれながら
ただ歩く

あの世と
この世の足摺岬

遠くの波で
サーフィンをしている
黒いシルエット

私たちは
そのそばを生きて歩く
へんろ道
きょうの宿
星空まで歩く

雲辺寺

雲の上から
お父さんの好きな
朱《あか》いつつじが散らばって
緑の山は美しい季節です
お父さんのそばまで来ています
ロープウェーであがって来ました
胸の痛みはもうありませんか
お父さん

お母さんは
毎日読経をかかしません
お母さんはくりかえしています
「お父さんのおかげです
生きていれば
楽しいこともありますよ」
遠くに海が見える
緑の山は美しい季節です

春を歩く

ただひたすら
写経する
行けるだろうか
ただ行きたい思いで
写経する
何のために
私のために
あの子のために

いいえ
何かを探しに
歩いてみつけるために

いいえ

ただひたすら
春を歩くために
四国八十八ヶ所
おへんろの旅

お地蔵さま

木目込みの
小さな
可愛らしい
お地蔵さまを作る
ちりめんの
頭巾と
よだれかけをした
水子供養の
お地蔵さまを作る

あとは
ただただ
お友だちにあげたくて
楽しくて
嬉しくて
私は
お地蔵さまを作る

雪の朝

雪は深かったね
ラッセル車が通った道を
私はひとり歩いて行く
絶えまなく降る雪の中
何も見えない

雪の朝
私はひとり歩いて行く
西の山も見えない白い道

黒いマントで
あなたは私を追い越して行く
あなたと私しか歩いていない
白い世界

学校に着いて
あなたに追いついた
私を待ってくれてた
雪の朝

月山

五月の月山

どこまでが月山か

いつの間にか月山にいた
よく見ると
かたくりの花が咲いている
残雪の上を
そりのように

子供たちがすべる
月山はなだらか

どこまでが月山か

不思議な山
月山を越えて行く
日本海まで

種山ヶ原

種山ヶ原の
何処か深い草の中で
かっこうが鳴いていた
なだらかな
種山ヶ原
歩きつかれて
草の中にすわっていると
風がわたる
草のにおい

暑い陽ざしに
馬の背がひかっていた
緑の草を
そっとさし出してみる
種山ヶ原の
何処か帰る道もわからない
なだらかな
種山ヶ原
あれは初夏

夜の散歩

夜の散歩に
子供たちのいない
ブランコで
星を眺めた
今も見えるだろうか
星空が――

夜の散歩は
大人もいない

青山から
渋谷まで歩いた
ついにプラネタリウムには
行かなかった

あの頃は
いっぱい夢があった
今も見えるだろうか
星空が——

カトレアによせて

バザーで買った
淡いピンクのカトレア
何と美しいことでしょう
花も
少しずつ大きくなって
華やかになって——

昔
若い花屋さんが

元気づけるように
手渡してくれた
紫色のカトレア
あのカトレアは
独りの部屋に
何と美しかったことでしょう
悲しいほどに
それは長い間
私の心に——

朝

空が紫色に明ける時
小鳥の声が
遠くに聞こえる

ライトをつけた車が
時を急いで通る
少しずつ外灯が消える

黒い林が

いきかえったように
緑色になる

ひとりしじまの中で
耳をすます
いろんなものがめざめる

遠くで電車が動き出す
そして陽がさして来る
私は生きている

雨があがったら

雨があがったら
ベランダに出て
空を見てみよう
虹がかかっているに違いないから
そして教えてあげよう
〝虹が出ているよ〟
あじさい色の雨があがったら
外を見てみよう
そこには青々とした

緑がよみがえっているだろう
そして小鳥の姿を探してみよう
おながどりの群れが
訪ねて来ているだろう
遠くから風に乗って
飛んで来るのだろう
私も風に乗って
空を飛んでみよう
あなたのところへ
行ってみたいから

カサブランカ

いつの頃からか
好きになったカサブランカ
大きな白い花のカサブランカ
今は
色とりどりの百合の花
あなたに送ります

いつの頃からか
好きになったカサブランカ

私のそばの花瓶に
一本飾ります
むせるような香りに
あなたを思い出します

リヤドロ人形

スペインで見た
リヤドロ人形
青い刺しゅうのブラウスに
白いスカート
黄色い小花いっぱいの
花籠を抱えている
かわいい
少女のお人形

作った人は
カルメンさんだろうか
小さな花を
魔法のように作っていた
淡い色のリヤドロ人形
小さいかわいいお人形
眺めていると
幸せになれる

フラメンコのファルダ

あの子が作った
フリルのついた
豹柄のファルダ

黒の木綿だけれど
踊り出したくなるような
ファルダ

デザイナーを夢みていた

男の子が作った
長い裾のファルダ

母は鏡の前で
セビジャーナスを踊ろう
情熱的に

デザイナーを夢みていた
あの子が作った
フラメンコのファルダ

（ファルダ――スペイン語でスカート）

郷愁のフラメンコ

あれは
何だったのだろう
ひとり踊りにのめりこみ
水玉もようの
衣裳に包まれ
あの快いサパテアード
右手を高くあげて
衣裳を指でつまんで
オーレ！

指と手首をまわして
女を踊る
かわいた音のカスタネット
カンテとギターの
せつない音色
忘れられない
あれはジプシーの踊り

ばらの香り

ローテ・ローザ
贈るばかりで
もらうことのなかった
ばらの花束
まばゆい踊り子を
見あげるばかりで
それは
甘くせつない香り
ひとときだけの舞台なのに

踊り子になれなかった
もらうことのなかった
ばらの花束
抱えていると
甘くせつない香り
せめて花をちぎって
髪にひとつ飾ろうかしら
ローテ・ローザ

紫色のドレス

着て行くところのない
紫色のドレス
レースのきれいなドレス
鏡に向かって
ポーズを取る
ジプシーのような
フラメンコを踊り出したくなる
紫色のドレス
髪に白い花でもつけようか

横浜ローザのような
港から
クルージングしてみようか
着て行くところのない
紫色のドレス……

自転車に乗って

横浜の坂道を
自転車に乗って通ってみたい
自転車に乗れない
女の子は空想する

山下公園の
色づいた銀杏並木
港の見える丘の
ばらの香りのする美しい五月

噴水のしぶきの夏の樹かげ
スタジアムのそばの
チューリップの咲く春

バスで通るのも楽しいけれど
横浜の坂道を
自転車に乗って通ってみたい

赤い靴の女の子

横浜の山下公園に
淋しそうに佇んでいる
赤い靴の女の子は
病気になって死んだのです
アメリカではなく日本で——
ひっそりと死んだのです

きみ子
私と同じ名前です

逢いに行きましょう
山下公園に
ばらの花が
咲いているでしょうか
かもめが鳴いているでしょうか
もう一人のきみ子は
元気になって
精いっぱい生きています

口紅シクラメン

白いシクラメンが
欲しいと思っていた

白い花びら
口もとが紅い
小さな
かわいい
口紅シクラメン

あなたのバイクの籠に
揺られながら
私のもとに届いた
小さな
かわいい
口紅シクラメン

あなたと私の心が
通ったひととき

恐山

夏の終りの
暑い太陽の下《した》
硫黄のにおいの中を
ひとり迷い歩く
ここも霊場
恐山
早足で歩く
地獄谷
極楽浜

小石の積んだ
白い道
あの世か
この世か
くるくるまわる風車
はたして
あなたは私のところに
降りて来ることが
できるのだろうか

コンタクト

私を呼んでいるのは
誰？
必死に求めているのに
私を呼んでいるのは
誰もいない
あらゆる
見えない音の
氾濫の中で
私はたった一人

あなたを求めている
宇宙からの
コンタクトを待っている
それは
私があなたを想う時
あなたも
私を求めている時

白神山地にて

ブナの森の青池は
なぜ青いのか
いまだわかっていない
青池の碧《みどり》の色
木もれ陽のブナの森

冬は静かに
眠るのだろうか
刻々とせまり来る

冬の準備をしている
散りゆく
黄色や紅い葉積もる

赫々《あかあか》とした赤とんぼの
何とさわがしいことか
さわやかな青い空の中を
飛び交う
私はゆっくり
ブナの森を歩こう

秋のおみやげ

私が嫁ぐ
秋
山寺にお参りした
帰り道
父は一枝
紅葉《もみじ》を握りしめていた
小さい駅で
夕陽の中

母が待っていた
赤い紅葉が美しい
言葉も交わさず
家に帰った
影ぼうしが
三つ

冬仕度

耳をすましてごらん
弱い陽ざしが
もう冷たい白い記憶を
呼びさましているよ
息をふきつけると
白い窓ガラスに
文字があざやかに
浮かんで来るよ

オリオンが冬の星座と
教えてくれたのは
誰だったか
母は毎年
家族のふとんの
冬仕度をしていた
私はファーのついた
ブーツを出す
元気出して歩いて行こう

友

「今
お酒のんでるの
いじわるなことしか
言えない」
あなたは
主婦にしかなれなかった
私に
いじわるなことを
言いたいの？

私を
疎む友がいる
逢いたいのに
逢って話したいのに
そっとしといたほうが
いいのかしら

淋しいな
淋しいな

写　真

今日、写真を焼きました
私のうしろに
いつもいてくれた
あなた
あの笑顔はすてきでした
今日、写真を焼きました
なかなか捨てられなくて
そのままになっていた

アルバム

何と若かったことでしょう
今日、写真を焼きました
逢えなくて
恋は終ったのでした
それでも
あなたの笑顔は忘れません

花のはさみ

昔
詩人の
沙良さんから戴いた
小さな花のはさみ

紫色のストックが
ベランダに咲いていた
香りの強い花を切る
ガラスの花瓶に

一本飾る
その香りに
つつまれていたい
私がいる

やさしいお顔が
浮かんでくるような
小さな花のはさみ

野の花

野にある花の如く
生きたいと思う
風にはたおやかに
暑さには強く
雨にはいきいきと
雪にはじっと待つ

好きなのは
白い百合の花

うす紫の野菊
黄色のみやこ草
濃い紫のあざみ
青いつゆ草
赤いのげし
うす紅色の昼顔

そして
紫色のすみれ……

別　れ

あの時
「さよなら、さようなら」
私が電話したのだった
それはあなたへの別れだった
そして私は東京に出て来た

忘れかけた時
「アッテハナシタシ」
あなたは電報をくれた

けれど小樽には行かなかった
そして永久の別れとなった

それから三十年たった
逢って話したい
今になってなお逢いたい
あなたの愛した北海道には
いまだに行っていない

忘れないで

かつて
あなたを愛したことを
忘れないでください
私はいつもどこにいても
あなたを想っています
あなたは
私の心に生きています

いつか

お逢いできるでしょう
それまで
私を待っててくれますか
私がここにこうして
生きていることを
忘れないでください

ばらの花

人は
なぜ美しい花に
魅《ひ》かれるのでしょう
ばらの花は
こんなにも
美しかったのでしょうか
小さなピンクのばらの花
神が造られた花は
かぐわしい香り

顔をうずめると
少女を想わせるような
愛らしさです
みんなそんな時があった
私に
花をくださる人が
いるとしたら
やはりばらの花がいいな

チランドシア

ピンクの苞《ほう》が
鳥の羽根のようにのびて
美しい花
チランドシア
いずこの熱帯のものなのか
何と彩《あざ》やかな花だろう
三枚の紫色の花びらは
長いこと待って

咲いた花
何と嬉しいことだろう

私も
長いこと待っても
咲かせましょう
美しい花を
彩《あざ》やかな花を

タンポポ

黄色は
幸せの色
お父さんが
お母さんのために
植えかえた
タンポポの花
庭のあちこちに咲いている
強いタンポポの花
ワタゲの花が

飛んでいる
お父さんのところまで
飛んで行け
春には
又帰っておいで
お母さんのところに
元気に帰っておいで
タンポポさん

ホトトギスの花

丸い備前焼きの花入れに
抱えるほどの
ホトトギスの花を
どっさり活《い》ける
あとは何もいらない

何でもいい
大きなたっぷりした壺に
秋色のホトトギスの花を

どっさり活ける
さあ夏から秋になった

コスモス

雨にうたれた
コスモスの花
地にたおれても
けなげに咲いている
宇宙の花コスモス
やさしいピンクのコスモス
清い白いコスモス
気高い淡い黄色のコスモス
落ちついた赤紫のコスモス

弱々しそうだけれど
あなたの笑顔は
やさしく強い
その葉も
自由奔放な
コスモスの花

ばらの花束

あの子からもらった
ばらの花束
一生に一度の
幸せのおすそわけ
ありがとう
そしておめでとう
母もあなたのために
新しい留袖を
着ました

こんなに早く
もらえるなんて
思わなかった
ばらの花束
ありがとう
そしておめでとう
息子から母への感謝の
ばらの花束
幸せにね

イギリス海岸

ホルスタインが
くさはらに寝そべっている
そのうえを
灰色の小さな水鳥が
かすめて飛び去る
つばの大きな麦わらぼうしの
黄色いリボンを
ひらひらさせながら
小馬を走らせる

たてがみが
夕焼けに
金色にゆれている
こころよいあしおとが
岩の上をひびかせる
ささぶねの釣り人が
いねむりをしている

（イギリス海岸——花巻の北上川を宮澤賢治が名付けた）

最上川

流れ急なる最上川
橋を渡れば老木の
枯れずに咲きし久保の桜
遠足の日の花ふぶき

流れ急なる最上川
母が通いし緑なす畑
夕陽の中に手をつなぎ
迎えに行きし幼き頃

流れ急なる最上川
モルダウの如き最上川
川を越えれば懐かしき
たわわにぶどうなる友の家

流れ急なる最上川
静かに雪を受けとめて
とうとうと流るる最上川
雪降りつもる白い岸辺

いちにち

ひとのなつかしくなるような
そんな遠くへ行ってみたい

みおくるひとのない汽車に
そっと乗って揺られてみたい
汽笛の音にまどろみながら
山のむこうを思ってみたい

スケッチブックを友だちに

知らない道を歩いてみたい

赤いネオンの汽車の窓を
じっとながめて帰ってみたい
むかえるひとのない駅で
明るく切符と別れてみたい

机にむかってほおづえをして
そんないちにちを書いてみたい

詩について

幸せすぎると詩は書けません
悲しすぎても詩は書けません
昔のことを想い出していると
眠れなくなって
何か書けるようです
健康でないと
健康だけでも
詩は書けません

あなたを想い出すと
子供の頃を想い出すと
美しい花を見ていると
彩《あざ》やかな緑の中にいると
広い海辺を歩いていると
深い雪を想うと
川の流れを見ていると
白い雲を見ていると

何か書けるようです

著者プロフィール

佐藤 木美（さとう きみ）

1941年山形県長井市生まれ。
岩手県立水沢高校卒業。池坊学園卒業。
好きな詩人は宮澤賢治。心の中から湧き出る詩を大事にして創り続けている。

詩集　すみれ咲く路へんろ道

2003年3月15日　初版第1刷発行

著　者　佐藤 木美
発行者　瓜谷 綱延
発行所　株式会社文芸社
〒160-0022　東京都新宿区新宿1－10－1
電話　03-5369-3060（編集）
03-5369-2299（販売）
振替　00190-8-728265

印刷所　神谷印刷株式会社

© Kimi Sato 2003 Printed in Japan
乱丁・落丁本はお取り替えいたします。
ISBN4-8355-5306-3 C0092